Tucholsky   Wagner   Zola   Fonatne   Sydow   Freud   Schlegel
Turgenev   Wallace
Twain   Walther von der Vogelweide   Fouqué   Friedrich II. von Preußen
Weber   Freiligrath   Frey
Fechner   Fichte   Weiße Rose   von Fallersleben   Kant   Ernst   Frommel
Richthofen
Hölderlin
Engels   Fielding   Eichendorff   Tacitus   Dumas
Fehrs   Faber   Flaubert
Eliasberg   Ebner Eschenbach
Feuerbach   Maximilian I. von Habsburg   Fock   Eliot   Zweig
Ewald   Vergil
Goethe   London
Mendelssohn   Balzac   Shakespeare   Elisabeth von Österreich   Dostojewski   Ganghofer
Lichtenberg   Rathenau   Doyle   Gjellerup
Trackl   Stevenson
Mommsen   Tolstoi   Hambruch   Droste-Hülshoff
Thoma   Lenz   Hanrieder
Dach   Verne   von Arnim   Hägele   Hauff   Humboldt
Karrillon   Reuter   Rousseau   Hagen   Hauptmann   Gautier
Garschin
Defoe   Baudelaire
Damaschke   Hebbel
Descartes
Hegel   Kussmaul   Herder
Wolfram von Eschenbach   Schopenhauer
Darwin   Dickens   Rilke   George
Bronner   Melville   Grimm   Jerome
Campe   Horváth   Aristoteles   Bebel   Proust
Voltaire   Federer
Bismarck   Vigny   Barlach   Herodot
Gengenbach   Heine
Storm   Casanova   Tersteegen   Grillparzer   Georgy
Chamberlain   Lessing   Langbein   Gilm   Gryphius
Brentano   Lafontaine
Strachwitz   Claudius   Schiller   Kralik   Iffland   Sokrates
Bellamy   Schilling
Katharina II. von Rußland   Gerstäcker   Raabe   Gibbon   Tschechow
Löns   Hesse   Hoffmann   Gogol   Wilde   Vulpius
Luther   Heym   Hofmannsthal   Klee   Hölty   Morgenstern   Gleim
Roth   Heyse   Klopstock   Goedicke
Luxemburg   Puschkin   Homer   Kleist
La Roche   Horaz   Mörike   Musil
Machiavelli   Kierkegaard   Kraft   Kraus
Navarra   Aurel   Musset
Nestroy   Marie de France   Lamprecht   Kind   Kirchhoff   Hugo   Moltke
Laotse   Ipsen   Liebknecht
Nietzsche   Nansen
Marx   Ringelnatz
von Ossietzky   Lassalle   Gorki   Klett   Leibniz
May   Irving
vom Stein   Lawrence
Petalozzi   Knigge
Platon   Kafka
Sachs   Pückler   Michelangelo   Kock
Poe   Liebermann   Korolenko
de Sade   Praetorius   Mistral   Zetkin

Der Verlag tredition aus Hamburg veröffentlicht in der Reihe **TREDITION CLASSICS** Werke aus mehr als zwei Jahrtausenden. Diese waren zu einem Großteil vergriffen oder nur noch antiquarisch erhältlich.

Symbolfigur für **TREDITION CLASSICS** ist Johannes Gutenberg (1400 — 1468), der Erfinder des Buchdrucks mit Metalllettern und der Druckerpresse.

Mit der Buchreihe **TREDITION CLASSICS** verfolgt tredition das Ziel, tausende Klassiker der Weltliteratur verschiedener Sprachen wieder als gedruckte Bücher aufzulegen – und das weltweit!

Die Buchreihe dient zur Bewahrung der Literatur und Förderung der Kultur. Sie trägt so dazu bei, dass viele tausend Werke nicht in Vergessenheit geraten.

Die Söhne des Senators

Theodor Storm

Impressum

Autor: Theodor Storm
Umschlagkonzept: toepferschumann, Berlin

Verlag: tredition GmbH, Hamburg
ISBN: 978-3-8424-7093-4
Printed in Germany

Theodor Storm

Die Söhne des Senators

Der nun längst vergessene alte Senator Christian Albrecht Jovers, dessen Sarg bei Beginn dieser einfachen Geschichte schon vor mehreren Jahre die stille Gesellschaft der Familiengruft vermehrt hatte, war einer der letzten größeren Kaufherren unsrer Küstenstadt gewesen. Außer seiner Witwe, der von klein und groß geliebten Frau Senatorn, hatte er zwei Söhne hinterlassen, von denen er den ältesten, gleichen Namens mit ihm, kurz vor seinem Tode als Kompagnon der Firma aufgenommen hatte, während für den um ein Jahr jüngeren Herrn Friedrich Jovers am selben Orte ein durch den Tod des Inhabers frei gewordenes Weingeschäft erworben war.

Dem alten, nun in Gott ruhenden Herrn war derzeit der Ruf gefolgt, daß er in seinem Hause, selbst gegen seine im vorgeschrittenen Mannesalter stehenden Söhne, die Familiengewalt mit Strenge, ja oft mit Heftigkeit geübt habe; nicht minder aber, daß er ein Mann gewesen sei, stets eingedenk der Würde seiner Stellung und des wohlerworbenen Ansehens seiner Voreltern, mit einem offenen Herzen für seine Vaterstadt und alle reputierlichen Leute in derselben, mochten sie in den großen Giebelhäusern am Markte oder in den Katen an den Stadtenden wohnen. Beim Jahreswechsel mußte ohnfehlbar der Buchhalter und Kassierer Friedebohm einen gewichtigen Haufen dänischer und holländischer Dukaten in einzelne Päckchen siegeln, sei es zu Ehrengeschenken für die Prediger, für Kirchen- und Schulbediente oder für am Orte wohnende frühere Dienstboten als einen Beitrag zu den Kosten der verflossenen Feiertage; ebenso sicher aber war auch dann schon vor Einbruch der schlimmsten Wintersnot ein auf dem nahe liegenden Marschhofe des Senators fettgegraster Mastochse für die Armen ausgeschlachtet und verteilt worden. So stand denn nicht zu verwundern, daß die Mitbürger des alten Herrn, wenn sie ihm bei seinen seltenen Gängen durch die Stadt begegneten, stets mit einer Art sorglicher Feierlichkeit ihren Dreispitz von der Perücke hoben, auch wohl erwartungsvoll hinblickten, ob bei dem Gegengruße ein Lächeln um den streng geschlossenen Mund sich zeige.

Das Haus der Familie lag inmitten der Stadt in einer nach dem Hafen hinabgehenden Straße. Es hatte einen weiten, hohen Flur mit breiter Treppe in das Oberhaus, zur Linken neben der mächtigen

Haustür das Wohnzimmer, in dem langgestreckten Hinterhause die beiden Schreibstuben für die Kaufmannsgesellen und den Prinzipal; darüber, im oberen Stockwerk, lag der nur bei feierlichen Anlässen gebrauchte große Festsaal. Auch was derzeit sonst an Raum und Gelaß für eine angesehene Familie nötig war, befand sich in und bei dem Hause; nur eines fehlte: es hatte keinen Garten, sondern nur einen mäßig großen Steinhof, auf welchen oben die drei Fenster des Saales, unten die der Schreibstuben hinaussahen. Der karge Ausblick aus diesem Hofe ging über eine niedrige Grenzmauer auf einen Teil des hier nicht breiteren Nachbarhofes; der Nachbar selber aber war Herr Friedrich Jovers, und über die niedrige Mauer pflegten die beiden Brüder sich den Morgengruß zu bieten.

Gleichwohl fehlte es der Familie nicht an einem stattlichen Lust- und Nutzgarten, nur lag er einige Straßen weit vom Hause; doch immerhin so, daß er, wie man hier sich ausdrückte, »hintenum« zu erreichen war. Und für den vielbeschäftigten alten Kaufherrn mag es wohl gar eine Erquickung gewesen sein, wenn er spätnachmittags am Westrande der Stadt entlang wandelte, bisweilen anhaltend, um auf die grüne Marschweide hinabzuschauen oder, wenn bei feuchter Witterung der Meeresspiegel wie emporgehoben sichtbar wurde, darüber hinaus nach den Masten eines seiner auf der Reede ankernden Schiffe. Er zögerte dann wohl noch ein Weilchen, bevor er sich wieder in die Stadt zurückwandte; denn freilich galt es, von hier aus nun noch etwa zwanzig Schritte in eine breite Nebengasse hineinzubiegen, wo die niedrigen, aber sauber gehaltenen Häuser von Arbeitern und kleinen Handwerkern der hereinströmenden Seeluft wie dem lieben Sonnenlichte freien Eingang ließen. Hier wurde die nördliche Häuserreihe von einem grünen Weißdornzaune und dieser wiederum durch eine breite Staketpforte unterbrochen. Mit dem schweren Schlüssel, den er aus der Tasche zog, schloß der alte Herr die Pforte auf, und bald konnte man ihn auf dem geradlinigen, mit weißen Muscheln ausgestampften Steige in den Garten hineinschreiten sehen, je nach der Jahreszeit den weißen Kopf seitwärts zu einer frisch erschlossenen Provinzrose hinabbeugend oder das Obst an den jungen, in den Rabatten neu gepflanzten Bäumen prüfend.

Der zwischen Buchseinfassung hinlaufende breite Steig führte nach etwa hundert Schritten zu einem im Zopfstil erbauten Pavillon; und es war für die angrenzende Gasse allemal ein Fest, wenn an Sonntagnachmittagen die Familie sich hier zum Kaffee versammelt hatte und dann beide Flügeltüren weit geöffnet waren. Der alte Andreas, welcher dicht am Garten wohnte, hatte an solchen Tagen schon in der Morgenfrühe oder vorher, am Sonnabend, alle Nebensteige geharkt und Blumen und Gesträuche sauber aufgebunden. Weiber mit ihrem Nachwuchs auf den Armen, halb erwachsene Jungen und Mädchen drängten sich um die Pforte, um durch deren Stäbe einen Blick in die patrizischen Sommerfreuden zu erhaschen, mochten sie nun das blinkende Service des Kaffeetisches bewundern oder schärfer Blickende die nicht übel gemalte tanzende Flora an der Rückwand des Pavillons gewahren und nun lebhaft dafür eintreten, daß diese fliegende Dame das Bild der guten Frau Senatorn in ihren jungen Tagen vorstelle. Die ganze Freude der Jugend aber war ein grüner Papagei aus Kuba, der bei solchen Anlässen als vieljähriger Haus- und Festgenosse vor den Türen des Pavillons seinen Platz zu finden pflegte. Aus seiner Stange sitzend, pfiff er bald ein heimatliches Negerliedchen, bald, wenn von der Pforte her zu viele Finger und blanke Augen auf ihn zielten, schrie er flügelschlagend ein fast verständliches Wort zu der Gassenbrut hinüber. Dann frugen die Jungen untereinander: »Wat seggt he? Wat seggt de Papagoy?« Und immer war einer dazwischen, welcher die Antwort geben konnte. »Wat he seggt? – Komm röwer! seggt he!« – Dann lachten die Jungen und stießen sich mit den Ellenbogen, und wenn Stachelbeeren an den Büschen oder Eierpflaumen an den Bäumen hingen, so hatten sie zu Herüberkommen gewiß nicht übel Lust. Aber das war schwerlich die Meinung des alten Papageien; denn wenn Herr Christian Albrecht, sein besonderer Gönner, mit einem Stückchen Zucker an die Stange trat, so schrie er ebenfalls: »Komm röwer!« Er hatte dasselbe schon geschrien, als ein alter Kapitän ihres Vaters den Knaben Friedrich und Christian Albrecht den fremden Vogel zum Geschenke brachte; und als auch sie ihn damals frugen: »Wat seggt de Papagoy?«, da hatte der alte Mann nur lachend erwidert: »Ja, ja, se hebbt upt Schipp em allerlei dumm Tüges lehrt!« Der Himmel mochte wissen, was der Vogel mit seinem plattdeutschen Zuruf sagen wollte!

Mitunter ging auch wohl die kleine, freundliche Frau Senatorn mit ihrer Kaffeetasse in der Hand den Steig hinab, um die Enkelinnen des alten Andreas mit einer Frucht oder einem Sonntagsschilling zu erfreuen; dann putzten die Weiber ihren Säuglingen rasch die Näschen, die Jungen aber blieben grinsend stehen: sie wußten zu genau, daß die gute Dame es mit der Verwandtschaft zum alten Andreas nicht allzu peinlich nahm. Ebenso geschah es mit Herrn Christian Albrecht, denn er glich seiner Mutter an froher Leichtlebigkeit; er kannte die Buben all bei Namen und erzählte ihnen von dem Papageien die wunderbarsten und ergötzlichsten Geschichten. Anders, wenn der alte Kaufherr mit seiner holländischen Kalkpfeife auf den Steig hinaustrat; dann zogen sich alle ausgestreckten Finger zwischen den Stäben der Pforte zurück, und alt und jung schaute in ehrerbietigem Schweigen auf ihn hin; war es aber Herr Friedrich Jovers, der den Steig herabkam, so waren plötzlich mit dem Rufe: »De junge Herr!« alle Jungen zu beiden Seiten der Pforte hinter dem hohen Zaun verschwunden, denn der unbequeme Verkehr mit Kindern lag nicht in seiner Art; wohl aber hatte er einmal einen der größeren Jungen derb geschüttelt, als dieser eben von der Gasse aus mit seinem Flitzbogen auf einen im Garten singenden Hänfling schießen wollte.

– – Diese Familienfeste waren nun vorüber. – Der nördliche, hinter dem Pavillon liegende Teil des Gartens grenzte an den schon außerhalb der Stadt liegenden Kirchhof, und hier, in der von seinem Vater erbauten Familiengruft, ruhte der alte Kaufherr und Senator von seiner langen Lebensarbeit; mit dem Liede »O du schönes Weltgebäude« hatten die Gelehrten- und die Bürgerschule ihn zu Grabe gesungen, denen beide, oft im Kampfe mit seinem Schwager, dem regierenden Bürgermeister, er zeitlebens ein starker Schutz und Halt gewesen war. Hier ruhte seit kurzem auch die freundliche Frau Senatorn, nachdem noch kurz zuvor Herr Christian Albrecht eine ihr gleich geartete, rosige Schwiegertochter in das alte Haus geführt hatte. »Du brauchst mich nun nicht weiter«, hatte sie lächelnd zu dem trostbedürftigen Sohne gesagt; »in der da hast du mich ja wieder, und noch jung und hübsch dazu!« Und dann hatte auch sie die Augen geschlossen, und viele Augen hatten um sie geweint, und ihr sie verehrender Freund, der alte Kantor van Essen, hatte bei ihrem Begräbnis mit einer eigens dazu komponierten Trauermusik aufgewartet.

Der Kirchhof war durch einen niedrigen Zaun von dem Garten getrennt, und Herr Christian Albrecht hatte sonst, ohne viele Gedanken, darüber weg auf den unweit belegenen Überbau der Gruft geblickt; seitdem aber sein Vater darunter ruhte, war ihm unwillkürlich der Wunsch gekommen, daß eine hohe Planke oder Mauer hier die Aussicht schließen möchte. Nicht, daß er die Grabstätte seines Vaters scheute; nur vom Garten aus wollte er sie nicht vor Augen haben: wenn ihn sein Herz so trieb, so wollte er auf dem Umwege der Gassen und auf dem allgemeinen Totengang dahin gelangen. Er hatte diese Gedanken wohl auch gegen seinen Bruder ausgesprochen; er hatte sie dann über sein junges Eheglück vergessen; als aber jetzt auch der Leichnam der ihm herzverwandten Mutter unter jenen schweren Steinen lag, waren sie aufs neue hervorgetreten.

Allein zunächst galt es, sich mit dem Bruder über den elterlichen Nachlaß zu einigen; es war ja noch unbestimmt, in wessen Hand der Garten kommen würde.

An einem Sonntagvormittage im November gingen die beiden Brüder, Herr Christian Albrecht und Herr Friedrich Jovers, in dem großen, ungeheizten Festsaale des Familienhauses schweigend auf und ab. Die Morgensonne, welche noch vor kurzem durch die kleinen Scheiben der drei hohen Fenster hineingeschienen hatte, war schon fortgegangen, die großen Spiegel an den Zwischenwänden standen fast düster zwischen den grauseidenen Vorhängen. Fast behutsam traten die Männer auf, als wollten sie in dem weiten Gemach den Widerhall nicht wecken; endlich blieben sie vor einer zierlichen Schatulle mit Spiegelaufsatz stehen, dessen reichvergoldete Bekrönung aus einer von Amoretten gehaltenen Rosengirlande bestand. »Hm«, sagte Christian Albrecht, »Mama selig, als sie in ihren letzten Jahren einmal ihren Muff hier aus der Schublade nahm, da nickte sie dem einen Spiegel zu; du Schelm, sagte sie, wo hast du das schmucke Antlitz hingetan, das du mir sonst so eifrig vorgehalten hast! Nun guck einmal, Christian Albrecht, was itzo da herausschaut! Die alte, heitere Frau, dann gab sie mir die Hand und lachte herzlich.«

Die beiden Brüder blickten auf das stumme Glas; kein junges Antlitz blickte mehr heraus; auch nicht das liebe alte, das sie besser noch als jenes kannten. Schweigend gingen sie weiter; sie legten fast wie mit Ehrfurcht ihre Hand bald auf das eine, bald auf das andre der umherstehenden Geräte, als wäre es noch in ihrer Knabenzeit, wo ihnen der Eintritt hier nur bei Familienfesten und zur Weihnachtszeit vergönnt gewesen war. Wie damals war unter der schweren Stuckrosette der Gipsdecke das stille Blitzen der großen Kristallkrone; wie damals hingen über dem Kanapee, den Fenstern gegenüber, die lebensgroßen Brustbilder der Eltern in ihrem Brautstaate, daneben in höherem Alter die der Großeltern, deren altmodische Gestalten ihnen in der Dämmerung ihrer frühesten Jugendzeit entschwanden.

»Christian Albrecht«, sagte der Jüngere, und der vom Vater ererbte strenge Zug um den Mund verschwand ein wenig; »hier darf nichts gerückt werden.«

»Ich meine auch nicht, Friedrich.«

»Es verbleibt dir sonach mit dem Hause.«

»Und der Papagei? Den haben wir vergessen.«

»Ich denke, der gehört auch mit zum Hause.«

Christian Albrecht nickte. »Und du nimmst dagegen das beste Tafelsilber und das Sevresporzellan, das hierneben in der Geschirrkammer steht!«

Friedrich nickte; eine Pause entstand.

»So wären wir denn mit unsrer Teilung fertig!« sagte Christian Albrecht wieder.

Friedrich antwortete nicht; er stand vor den Familienbildern, als ob er eingehend sie betrachten müsse; sein Kopf drückte sich immer weiter in den Nacken, bis der schwarzseidene Haarbeutel im rechten Winkel von dem schokoladenfarbenen Rock abstand. »Es ist nur noch der Garten«, sagte er endlich, als ob er etwas ganz Beiläufiges erwähne.

Aber in des Bruders sonst so ruhigem Antlitz zuckte es, wie wenn ein lang Gefürchtetes plötzlich ausgesprochen wäre. »Den Garten könntest du mir lassen«, sagte er beklommen; »die Auslösungssumme magst du selbst bestimmen!«

»Meinst du, Christian Albrecht?«

»Ich meine es, Friedrich. Du sagst es selbst, du seiest ein geborener Hagestolz – aber ich und meine Christine, unsre Ehe wird gesegnet sein! Hier haben wir nur den engen Steinhof; bedenk es, Bruder, wo sollen wir mit den lieben Geschöpfen hin? Und dann – du selber! Im Pavillon, an den Sonntagnachmittagen! Du wirst doch lieber deine junge Schwägerin als deine bärbeißige Witwe Antje Möllern unsrer Mutter Kaffeetisch verwalten lassen!«

»Deinen Kindern«, erwiderte der andre, ohne umzublicken, »wird mein Garten nicht verschlossen sein.«

»Das weiß ich, lieber Friedrich; aber Kinderhände in meines ordnungliebenden Herrn Bruders Ranunkel- und Levkojenbeeten!«

Friedrich antwortete hierauf nicht. »Es ist ein Kodizill in unsers Vaters Testament gewesen«, sagte er, als spräche er es zu den Bildern oder zu der Wand ihm gegenüber, »danach sollte mir der Garten werden; die Auslösungssumme ist mir nicht bekannt geworden, die magst du bestimmen oder sonst bestimmen lassen.«

Der Ältere nahm fast gewaltsam seines Bruders Hand. »Du weißt es von unsrer seligen Mutter, daß unser Vater, da sie das Schriftstück einmal in die Hand bekam, ausdrücklich ihr geheißen hat: Zerreiße es; die Brüder sollen sich darum vertragen.«

»Es ist aber nicht zerrissen worden.«

Das weiß ich wohl; es trat im selben Augenblick ein Fremder in das Zimmer, und derohalben unterblieb es damals; aber später, am Tage nach selig Vaters Begräbnis, hat unsre Mutter den Willen des Verstorbenen ausgeführt.«

»Das war ein volles Jahr nachher.«

»Friedrich, Friedrich!« rief der Ältere. »Willst du verklagen, was unsre Mutter tat!«

Das nicht, Christian Albrecht, aber Mama selig versierte in einem Irrtum; sie war nicht mehr befugt, das Schriftstück zu zerreißen.«

Auf dem Antlitz des älteren Bruders stand es für einen Augenblick wie eine ratlose Frage; dann begann er in dem weiten Saale auf und ab zu wandern, bis er mit ausgestreckten Armen in der Mitte stehenblieb. »Gut«, sagte er, »du wünschest den Garten, wir beide wünschen ihn! Aber dabei soll unsers Vaters Wort in Ehren bleiben; teilen wir, wenn du es willst, daß jeder seine Hälfte habe!«

»Und jeder ein verhunztes Stück bekäme!«

»Nun denn, so losen wir! Laß uns hinuntergehen, Christine kann die Lose machen!«

Herr Friedrich hatte sich umgewandt; sein dem Bruder zugekehrtes Antlitz war bis über die dichten Augenbrauen hinauf gerötet. »Was mein Recht ist«, sagte er heftig, »das setzt ich nicht aufs Los.«

In diesem Augenblick klang das Negerlied des Papageien aus dem Unterhaus herauf; ein alter Diener hatte die Tür des Saales geöffnet: »Madame läßt bitten; es ist angerichtet.«

»Gleich! Sogleich!« rief Christian Albrecht. »Wir werden gleich hinunterkommen!«

Der Diener verschwand; aber die Herren kamen nicht.

Nach einer Viertelstunde trat unten aus dem Wohnzimmer eine jugendlich Frau mit leicht gepudertem Köpfchen auf den Flur hinaus; behende erstieg sie die breite Treppe bis zur Hälfte und rief dann nach dem Saal hinauf: »Seid ihr denn noch nicht fertig? Friedrich! Christian Albrecht! Soll denn die Suppe noch zum drittenmal zu Feuer?«

Es erfolgte keine Antwort; aber nach einer Weile, während der Stöckelschuh der hübschen Frau ein paarmal ungeduldig auf der Stufe aufgeklappert hatte, wurde oben die Saaltür aufgestoßen, und Friedrich kam allein die Treppe herab.

Die junge Frau Senatorin – denn ihr Eheliebster war kürzlich seinem Vater in dieser Würde nachgefolgt – sah ihn ganz erschrocken an. »Friedrich!« rief sie, »wie siehst du aus? Und wo bleibt Christian Albrecht?«

Aber der Schwager stürmte ohne Antwort an ihr vorüber. »Wünsche wohl zu speisen!« murmelte er und stand gleich darauf schon unten an der Haustür, die Klinke in der Hand.

Sie lief ihm nach. »Friedrich! Friedrich, was fällt dir ein? Dein Leibgericht, perdrix aux truffes!«

Aber er war schon auf der Gasse, und durch das Flurfenster sah sie ihn seinem Hause zueilen. »Nun sieh mir einer diesen Querkopf an!« Und sie schüttelte ihr Köpfchen und stieg nachdenklich die Treppe wieder herauf. Als sie die Tür des Saales öffnete, sah sie den jungen Herrn Senator, die Hände in den Rockschößen, vom andern Ende des Gemaches herschreiten, so ernsthaft vor sich auf die Dielen schauend, als wolle er die Nägelköpfe zählen.

»Christian! Christian Albrecht!« rief sie, als er vor ihr stand.

Als er den Klang ihrer Stimme hörte und, den Kopf hebend, ihr in die kinderblauen Augen sah, gewannen seine Züge die gewohnte Heiterkeit zurück. »Gehen wir zu Tisch, Madame!« sagte er lächelnd. »Bruder Friedrich muß nun heute mit der Frau Witwe Antje Möllern speisen; aber ich habe denn doch auch meinen Kopf, und – unsers Vaters Wort muß gelten!«

Damit bot er seiner erstaunten Frau den Arm und führte sie die Treppe hinab und zu Tische.

Der Wiederkommen hatte indessen gute Weile; vierzehn Tage waren verflossen, und Herr Friedrich hatte seinen Fuß noch nicht wieder über die Schwelle des Familienhauses gesetzt. Gleich am ersten Morgen nach jenem verfehlten Mittage war Christian Albrecht wiederholt auf seinen Steinhof hinausgegangen, um wie sonst über die niedrige Grenzmauer seinem Bruder den Morgengruß zu bieten; aber von Herrn Friedrich war nichts zu sehen gewesen; ja, eines Morgens hatte Herr Christian Albrecht ganz deutlich den Schritt des Bruders aus der in einem Winkel verborgenen Hoftür kommen hören; als ihn aber im selben Augenblick ob einer in der Alteration zu scharf genommenen Prise ein lautes Niesen anfiel, hörte er gleich darauf die Schritte wieder umkehren und die ihm unsichtbare Hoftür zuschlagen.

Herr Christian Albrecht wurde ganz still in sich bei dieser Lage der Dinge; nur mit halbem Ohre lauschte er, wenn, um ihn aufzumuntern, die hübsche Frau Senatorin sich in der Dämmerstunde ans Klavier setzte und ihm die allerneusten Lieder: »Beschattet von der Pappelweide« und »Blühe, liebes Veilchen«, eines nach dem andern mit ihrer hellen Stimme vorsang.

Er hatte gegen sie nach der ersten Mitteilung »der kleinen Differenz« kein Wort über den Bruder mehr geäußert; endlich aber, eines Morgens, da die Eheleute beim Kaffee auf dem Kanapee beisammensaßen, legte die Frau Senatorin sanft ihre kleine Hand auf die des Mannes. »Siehst du nun«, sagte sie leise, »er kommt nicht wieder; ich hab' es gleich gesagt.«

»Hm, ja, Christinchen; ich glaub es selber fast.«

»Nein, nein, Christian Albrecht; es ist ganz gewiß; er kommt nicht wieder; er kann nicht wiederkommen; denn er ist ein Trotzkopf!«

Christian Albrecht lächelte; aber zugleich stützte er den Kopf in seine Hand. »Ja freilich, das ist er; das war er schon als kleiner Knabe; ich und das Kindermädchen tanzten dann um ihn herum und sangen: Der Bock, der Bock! O jemine, der Bock! Bis er zuletzt einen Kegel oder ein Stück von seinem Bauholz aufgriff und damit nach unsern Köpfen warf; am liebsten warf er noch mit seinem Bauholz! Aber, Christinchen – wenn's Herz nur gut ist!«

»Nicht wahr?« rief die hübsche Frau und sah ihrem Mann mit lebhafter Zärtlichkeit ins Antlitz, »ein gutes Herz hat unser Friedrich, und deshalb – ich meine, du könntest zu ihm gehen; du bist kein Trotzkopf, Christian Albrecht, du hast es leichter in der Welt!«

Der Senator streichelte sanft die geröteten Wangen seiner Eheliebsten. »Was ich für eine kluge Frau bekommen habe!« sagte er neckend.

»Ei was, Christian Albrecht, sag lieber, daß du zu deinem armen Bruder gehen willst!«

»Arm, Christinchen? – Eine sonderbare Armut, wenn einer alles Recht für sich allein verlangt! Aber du sollst schon deinen Willen haben; heut abend oder schon heute nachmittag...«

»Warum nicht schon heut vormittag?«

»Nun, wenn du willst, auch heute vormittag!«

»Und du bist versöhnlich, du gibst nach?«

»Das heißt, ich gebe ihm den Garten?«

Sie nickte: »Wenn es sein muß! Doch lieber, als daß ihr im Zorne auseinandergeht!«

»Und, Christinchen, unsre Kinder? Sollen sie mit den Hühnern hier auf dem engen Steinhof laufen?«

»Ach, Christian Albrecht!« Und sie fiel ihm um den Hals und sagte leise: »Wir sind so glücklich, Christian Albrecht!«

Während bald darauf der junge Kaufherr über den Flur nach seinen Geschäftsräumen im Hinterhause schritt, hatte im Wohnzimmer seine Frau sich an das Fenster gesetzt; an einem möglichst kleinen Häubchen strickend, schaute sie über die Straße nach dem gegenüberliegenden Nachbarhause, mehr nur, wie es schien, um bei dem inneren Gedankentausche doch irgendwohin die Augen zu richten. Jetzt aber sah sie Frau Antje Möllern in Futterhemd und Schürze über die Straße schreiten und mit der Frau Nachbarn Jipsen, die soeben auch aus ihrem Hause trag, sich auf eine der steinernen Beischlagsbänke setzen. Frau Antje Möllern war die Erzählende, wobei sie sehr vergnügt und triumphierend aussah und mehrmals mit einer schwerfälligen Bewegung ihres dicken Kopfes nach dem elterlichen Hause ihres Herrn hinüberwinkte. Frau Nachbarn Jipsen schlug zuerst ihre Hände, wie vor Staunen, klatschend ineinander; dann aber nickte sie wiederholt und lebhaft; auch ihr schienen die Dinge, um die es sich handelte, ausnehmend zu gefallen; und bald, während das eifrigste Wechselgespräch im Gange war, zuckten und deuteten die Köpfe und Hände der beiden Weiber in keineswegs respektvoller Gebärde nach dem altehrwürdigen Kaufmannshaus hinüber.

Die junge Frau am Fenster wurde denn doch aufmerksam: die da drüben waren nicht eben ihre Freunde; der einen – das wußte sie – war es zugetragen worden, daß sie Herrn Friedrich Jovers abgeraten hatte, ihre mauldreiste Personnage in sein Haus zu nehmen; der andern hatte sie einmal ihre große Tortenpfanne nicht leihen können, weil sie eben beim Kupferschmied zum Löten war.

Unwillkürlich hatte sie die Arbeit sinken lassen: was mochten die Weiber zu verhandeln haben?

Aber die Unterhaltung drüben wurde unterbrochen. Von der Hafenstraße herauf kam der kleine bewegliche Advokat, Herr Siebert Sönksen, den sie den »Goldenen« nannten, weil er bei feierlichen Gelegenheiten es niemals unter einer goldbrokatenen Weste tat, deren unmäßig lange Schöße fast seinen ganzen Leib bedeckten. Eilig schritt er auf die beiden zu, richtete, wie es schien, eine Frage an Frau Antje Möllern und schritt, nachdem diese mit einem Kopfnicken beantwortet worden, lebhaft, wie er herangetreten war, quer über die Gasse nach Herrn Friedrichs Hause zu.

»Hm«, kam es aus dem Munde der jungen Frau, »der Goldene? Gehört der auch dazu? Was will denn der bei userm Bruder Friedrich?«

Die hervorragenden Eigenschaften des Herrn Siebert Sönksen waren bekannt genug: er jagte wie ein Trüffelhund nach verborgen liegenden Prozessen und galt für einen spitzfindigen Gesellen und höchst beschwerlichen Gegenpart auch in den einfachsten Rechtsstreitigkeiten. Im übrigen wußte er, je nach welcher Seite hin sein Vorteil lag, ebensowohl einen sauberen Vergleich zustande zu bringen, als einen schikanösen Prozeß durch alle Instanzen hindurchzuziehen.

Die Frau Senatorin war aufgestanden; sie mußte doch zu ihrem Christian Albrecht, um seine Meinung über diese Dinge einzuholen! Allein da trat die Köchin in das Zimmer, ein altes Inventarstück aus dem schwiegerelterlichen Nachlaß, eine halbe Respektsperson, die nicht so abzuweisen war. Die junge Frau mußte ihr Haushaltungsbuch aus der Schatulle nehmen; sie mußte notieren und rechnen, um dann die näheren Positionen der heutigen Küchenkampagne mit der kundigen Alten festzustellen.

Hinten in der vorderen Schreibstube saßen indessen der alte Friedebohm und ein jüngerer Kaufmannsgeselle sich an dem schweren Doppelpulte gegenüber. Es gab viel zu tun heute, denn die Brigg »Elsabea Fortuna«, welche der selige Herr nach seiner alten Ehefrau getauft hatte, lag zum Löschen fertig draußen auf der Reede. »Musche Peters«, sagte der Buchhalter zu seinem Gegenüber, »wir müssen noch einen Lichter haben; ist Er bei Kapitän Rickertsen gewesen?«

Aber bevor der junge Mensch zur Antwort kam, wurde an die Tür geklopft, und ehe noch ein »Herein« erfolgen konnte, stand schon der goldene Advokat am Pulte und legte seine Hand vertraulich auf den Arm des alten Mannes. »Der Herr Prinzipal in seinem Kabinette, Herr Friedebohm?« Er frug das so zärtlich, daß der Alte ihn höchst erstaunt ansah, denn dieser Mann war nicht der betraute Sachwalter ihres Hauses. Deshalb gedachte er eben von seinem Bock herabzurutschen, um ihn selber bei dem Herrn Senator anzumelden; aber Herr Siebert Sönksen war schon nach flüchtigem Anpochen in das Privatkabinett des Prinzipals hineingeschlüpft.

»Ei, ei, ja doch!« murmelte der Alte. »Die Klatschmäuler werden doch nicht recht behalten?« Er kniff die Lippen zusammen und schaute eine Weile durch das Fenster auf den Steinhof, wo ihm die niedrige Mauer jetzt auch eine innere Scheidung der beiden verwandten Häuser zu bedeuten schien.

Drinnen im Kabinette war nach ein paar Hin- und Widerreden der Herr Senator wirklich von seinem Bock herabgekommen. »Herr!« rief er und stieß seine Feder auf das Pult, daß sie bis zur Fahne aufriß, »verklagen, sagt Ihr? Meines Vaters Sohn will mich verklagen? Herr Siebert Sönksen, Sie sollten nicht solche Scherze machen!«

Der Goldene zog ein Papier aus der Tasche. »Mein werter Herr Senator, es wird ja nicht sogleich **ad processum ordinarium** geschritten.«

»Auch nicht, da Herr Siebert Sönksen dem Gegenpart bedienet ist?«

Der Goldene lächelte und legte das Schriftstück, welches er in der Hand hielt vor Herrn Christian Albrecht auf das Pult. »Laut dieser Vollmacht«, sagte er vertraulich, »bin ich so gut zum Abschluß von Vergleichen wie zur Anstellung der Klage legitimiert!«

»Und wegen des Vergleiches sind Sie zu mir gekommen?« frug der Kaufherr nicht ohne ziemliche Verwunderung; denn er wußte nicht, daß der Herr Siebert Sönksen schon längst darauf spekuliert hatte, statt seines alten und, wie er sagte, »fürtrefflichen, aber abgängigen« Kollegen der Anwalt dieses angesehenen Hauses zu werden.

Der Advokat hatte mit einem höflichen Kopfnicken die an ihn gerichtete Frage beantwortet.

»Herr Siebert Sönksen«, sagte der Senator, und er sprach diese Worte in großer innerlicher Erregung, »so kommen Sie also im Auftrage, im ausdrücklichen Auftrage meines Bruders?«

Herr Siebert stutzte einen Augenblick. »In Vollmacht, mein werter Herr Senator; wie Sie zu bemerken belieben, laut richtig subskribierter Vollmacht! Es ist für den erwünschten Frieden unterweilen tauglich, wenn eine unbeteiligte sachkundige Person...«

Herr Christian Albrecht unterbrach ihn: »Also«, sagte er aufatmend, »mein Bruder weiß nichts von Ihrem werten Besuche? Ich danke Ihnen, Herr Sönksen; das freut mich recht von Herzen!«

Der Goldene schaute etwas verblüfft in das gerötete Antlitz des stattlichen Kaufherrn. »Aber, mein wertester Herr Ratsverwandter!«

»Nein, nein, Herr Siebert Sönksen, führen Sie meinethalben so viele Prozesse, als Sie fertigbringen können, aber wo zwei Brüder in der Güte miteinander handeln wollen, da gehöret weder der Beichtvater noch der Advokat dazwischen.«

»Aber, ich dächte doch –«

»Sie denken sonder Zweifel anders, Herr Siebert Sönksen«, sagte der Senator mit einer unwillkürlichen Verbeugung. »Kann ich Ihnen sonstwie meine Dienste offerieren?«

»Allersubmisseste Danksagung! Nun, schönsten guten Morgen, mein werter Herr Senator!«

Gleich darauf schritt der Goldene mit einem eiligen »Serviteur, Musche Friedebohm«, durch die vordere Schreibstube und hielt erst an, als er draußen auf den Treppenstufen vor der Haustür stand. Seinen Rohrstock unter den Arm nehmend, zog er die Horndose aus der Westentasche und nahm bedächtig eine Prise. »Eigene Käuze das, die Söhne des alten Herrn Senators Christian Albrecht Jovers!« murmelte er und tauchte zum zweiten Male seine spitzen Finger in die volle Dose. »Nun, nehmen wir fürerst mit dem Prozeß fürlieb!«

– – Bald nach dem Goldenen war auch der junge Kaufherr an dem ihm kopfschüttelnd nachschauenden Musche Friedebohm vorbeigeeilt, um gleich darauf in die Wohnstube zu treten, wo seine Eheliebste auf dem Kanapee an ihrem Kinderhäubchen strickte. Aber er sprach nicht zu ihr; er hatte wieder beide Hände in den Rockschößen und lief im Zimmer auf und ab, bis die Frau Senatorin aufstand und so glücklich war, ihn zu erhaschen.

»Weshalb rennst du so, Christian Albrecht?« sagte die junge Frau und stellte sich tapfer vor ihn hin.

»Nun, Christine, wer da nicht rennen sollte!«

»Nein, nein, Christian Albrecht, du bleibst mir stehen!« Und sie legte beide Arme um seinen Hals. »So«, sagte sie; »nun sieh mich an und sprich!«

Aber Herr Christian Albrecht tat auch nicht einen Blick in ihre hübschen Augen. »Christine«, sagte er und sah dabei schier über sie hinweg, »ich kann nicht zu Bruder Friedrich gehen.«

Sie ließ ihn ganz erschrocken los. »Aber du hast es mir versprochen!«

»Aber ich kann nicht!«

»Du kannst nicht? Weshalb kannst du nicht?«

»Christinchen«, sagte er und faßte seine Frau an beiden Händen, »ich kann nicht, weil er wieder in seine Kinderstreiche verfallen ist; er hat mir ein Stück Bauholz nach dem Kopf geworfen.«

»Was soll das heißen, Christian Albrecht?«

»Das soll heißen, daß mein Bruder Friedrich den goldenen Advokaten zum Prozesse gegen mich bevollmächtigt hat. Es ist justement wie in seinen Kinderjahren; er hat den Bock, und zwar im allerhöchsten Grade! Und so mag's denn auch von meinetwegen jetzt ein Tänzchen geben!«

Die junge Frau suchte wieder zu begütigen, allein Herr Christian Albrecht war unerbittlich. »Nein, nein, Christinchen; er muß diesmal fühlen, wie der Bock ihn selber stößt, so wird er sich ein andermal in acht zu nehmen wissen. Wir sollen, so Gott will, noch lange mit unserm Bruder Friedrich leben; bedenk einmal, was sollte daraus werden, wenn wir allzeit laufen müßten, um seinen stößigen Bock anzubinden!«

Und dabei hatte es sein Bewenden. Zwar will man wissen, daß die junge Frau noch einmal hinter ihres Mannes Rücken in dies Schwagers Haus geschlüpft sei, um mit den eignen kleinen Händen den Knoten zu entwirren; aber Frau Antje Möllern hatte sie mit frecher Stirn fortgelogen, indem sie fälschlich angab, Herr Friedrich Jovers sei soeben in dringenden Geschäften zum Herrn Siebert Sönksen fortgegangen. Und die Augen der alten Personnage sollen dabei so von Bosheit geleuchtet haben, daß die junge Frau zu einem zweiten Versuche keinen Mut hatte gewinnen können.

Ein neues Jahr hatte begonnen, und der Prozeß zwischen den beiden Brüdern war in vollem Gange. Der Herr Vetter Kirchenpropst und der Onkel Bürgermeister hatte sich vergebens als Vermittler zum gütlichen Austrag angeboten; vergebens hatte der letztere gegen den jungen Senator hervorgehoben, daß »kraft seines tragenden Amtes, abseiten des Ansehens der Familie«, die Augen der ganzen Stadt auf ihn gerichtet seien; denn darin schienen die Streitenden stillschweigend einverstanden, daß das Wort der Güte nur fern von fremder Einmischung von dem einen zu dem andern gehen könne. Aber freilich, dazu gab keiner von ihnen die Gelegenheit; der notwendigste geschäftliche Verkehr wurde schriftlich fortgesetzt, und eine Menge Zettel: »Der Herr Bruder wolle gelieben« oder »Dem Herrn Bruder zur gefälligen Unterweisung« gingen hin und wider.

Sie kleine Seestadt in allen ihren Kreisen hatte sich müde an diesem unerhörten Fall gesprochen, und das Gespräch, wenn irgendwie der Stoff zu anderm ausging, wurde noch immer mit Begierde wieder aufgegriffen. Vollständig munter aber, trotz der Winterkälte, erhielt es sich drüben auf der Beischlagsbank der Frau Nachbarn Jipsen; diese und Frau Antje Möllern winkten jetzt nicht nur mit ihren Köpfen, sondern mit beiden Armen und dem ganzen Leibe nach dem Senatorshause hinüber. Aber in dem letzteren war freilich mittlerweile auch noch ein ganz Besonderes passiert: ein Sohn war dort geboren worden, und Herr Friedrich Jovers hatte ja für solchen Fall Gevatter stehen sollen!

– – Die junge Frau Senatorn lief indessen schon wieder flink von der Wiege ihres Kindes treppunter nach der Küche und noch flinker von der Küche treppauf nach ihrer Wiege, als eines Morgens Herr Christian Albrecht, nachdem er erst soeben vom gemeinschaftlichen Kaffeetische in sein Kontor gegangen war, wieder zu ihr in das Wohnzimmer trat. »Christine!« sagte er zu seiner immerhin noch etwas bläßlichen Eheliebsten, »bist du heute schon draußen auf unserm Steinhofe gewesen? – Nicht? – Nun, so alteriere dich nur nicht, wenn du dahin kommst!«

»Um Gottes willen, es hat doch kein Unglück gegeben?« rief die junge Frau.

»Nein, nein, Christine.«

»Aber ein Malheur doch, Christian Albrecht; du bist ja selber alteriert!«

Ein Lächeln flog über sein freilich ungewöhnlich ernstes Gesicht. »Ich denke nicht, Christine; aber komm nur mit und siehe selber!«

Er faßte ihre Hand und führte sie über den Hausflur in die große Schreibstube. Der jüngere Kontorist war nicht zugegen; der alte Friedebohm stand neben seinem Schreibbocke am Fenster und nahm eine Prise nach der andern.

Auch Frau Christine sah jetzt in den Hof hinaus, fuhr aber gleich darauf mit der Hand über ihre Augen, als gälte es, dort ein Spinnweb fortzuwischen. »Um Gottes willen, was ist das, Friedebohm? Was machen die Leute da auf Bruder Friedrichs Hof? Die Mauer ist ja auf einmal fast um zwei Fuß höher!«

»Frau Prinzipalin«, sagte der Alte, »das sind Meister Hansens Leute; sehen Sie, dort kommt schon einer mit der Kelle!«

»Aber was soll denn das bedeuten?«

»Nun« – und Monsieur Friedebohm nahm wieder eine Prise –, »Herr Friedrich läßt wohl ein paar Schuhe höher mauern.«

»Aber, Christian Albrecht«, und Frau Christine wandte sich lebhaft zu ihrem Mann, der schweigend hinter ihr gestanden hatte, »geschieht denn das mit deinem Willen?«

Herr Christian Albrecht schüttelte den Kopf.

»Aber die Grenzmauer, sie gehört doch uns gleichwohl; wie kann sich Friedrich so etwas unterstehen?«

»Mein Schatz, die Mauer steht auf Friedrichs Grund und Boden.«

Die Augen der kleinen Frau funkelten.

»Oh, das ist schlecht von ihm; das hätte ich ihm nicht zugetraut; er hat ein hartes Herz!«

»Da irrst du doch gewaltig, Christinchen«, erwiderte Herr Christian Albrecht; »das ist's ja gerade, daß er noch immer sein altes weiches Herz hat; er schämt sich nur, und deshalb läßt er diese große steinerne Gardine zwischen sich und seinem Bruder aufziehen.«

Die junge Frau blickte mit unverhohlener Bewunderung auf ihren Mann. »Aber«, sagte sie fast schüchtern und legte ihre Hand in seine; »wie wird er sich erst schämen, wenn er den Prozeß gewinnen sollte!«

»Dann«, erwiderte der Senator, »dann kommt mein Bruder zu mir, denn dann ist der böse Bock gezähmt. Hab' ich nicht recht, Papa Friedebohm?« setzte er in munterem Ton hinzu.

»Ei ja, Gott lenkt die Herzen«, erwiderte der alte Mann, indem er seine Dose in die Tasche steckte und dafür die Feder wieder in die Hand nahm; »aber beim wohlseligen Herrn Senator ist uns solcher Umstand im Geschäft nicht vorgekommen.«

Zwei Tage darauf hatte die Mauer schon eine beträchtliche Höhe erreicht, und noch immer wurde daran gearbeitet. Aus der Schreibstube hinten war dergleichen nie gesehen worden, und der junge Kaufmannsgeselle konnte es nicht lassen, je um eine kleine Weile mit offenem Munde nach den Arbeitern hinzustarren. »Musche Peters«, sagte der alte Friedebohm, »wolle er lieber in Seine Bilanzrechnung schauen! Es will sich für Ihn nicht schicken, daß Er über das neue Werk da draußen sich irgendwelche überflüssige Gedanken mache!« Und der junge Mensch wurde über und über rot und tauchte hastig seine Feder in das Tintenfaß.

Aber auch Monsieur Friedebohm selber konnte sich nicht enthalten, zuweilen über seine Arbeit wegzuschauen; die beiden Gesellen da draußen, insbesondere der Alte mit dem respektwidrigen langen Barte, wurden ihm mit jeder Stunde mehr zuwider. »Der struppige Assyrer!« brummte er vor sich hin, »mag wohl am Turm zu Babel schon getagewerkt haben; wird aber diesmal auch nicht in den Himmel bauen!«

Als gleich darauf Herr Christian Albrecht aus seinem Kabinette hereintrat, sah er seinen Buchhalter sich mit dem Schneiden einer Feder mühen, die er immer näher an die Nase rückte. »Will's nicht mit den alten Augen, Papa Friedebohm?« sagte er freundlich.

Aber Monsieur Friedebohm zuckte bedeutsam mit der einen Schulter nach der Mauer draußen. »Herr Christian Albrecht, wir haben schon immer das Licht nicht justement mit Scheffeln hier gehabt.«

Der Senator warf einen Blick nach dem hohen Werke, an welchem die beiden Gesellen unter lustigem Singen noch immer weiterarbeiteten. »Ja, ja, Friedebohm«, rief er heftig, »du hast recht! Alle Tausend, das geht denn doch übers –«

»Übers Bohnenlied!« wollte er sagen, wo schon derzeit gar nichts darüber ging; aber er schwieg plötzlich, da er auf den jungen Musche Peters sah, der wieder mit offenem Mund an seinem Pulte saß, und ging, nachdem er eine geschäftliche Anordnung erteilt hatte, in sein Kabinett zurück.

– – Nach ein paar Stunden steckte Frau Christine ihr hübsches Köpfchen durch die Tür. »Darf man eintreten?« fragte sie.

»Komm nur!« erwiderte Herr Christian Albrecht von seinem Schreibstuhl aus. »Was hast du auf dem Herzen?«

»Oh«, und sie stand schon mitten in dem Stübchen und ließ ihre Blicke an der geschwärzten Decke wandern – »ich wollte nur – aber, Christian Albrecht, hier herrscht ja ägyptische Finsternis! Die schönen Spinngewebe, die unsre Wiebke immer sitzenläßt, die können deine Spinnen nun ruhig weiterweben! Und weißt du, das naseweise Ding – aber ich habe ihr auch einen tüchtigen Wischer gegeben –, sie hat eben die Mauer mit ihrem Eulbesenstiel gemessen; genau elf Fuß nach meiner Elle, sagt sie! Aber sieh nur, Christian Albrecht, nun wird's denn auch nicht höher; sie legen schon die runden Steine oben auf.«

Herr Christian Albrecht saß noch immer auf seinem hohen Schreibstuhl, die Feder in der Hand. »Weißt du, Christine«, sagte er, indem er ernsthaft vor sich hinsah, »der Bock meines Herrn Bruders wird mir doch zu mächtig; es tut jetzt not, und ich habe mich auf einen guten Gegenstoß besonnen.« Und als sie ihn unterbrechen wollte: »Nein, red mir nicht dazwischen, Frau; ich will auch einmal meinen Willen haben.«

Sie faßte ihn leise an dem Aufschlag seines Rockes und zog ihn sanft von seinem Thron herab und dicht zu sich heran. »O weh«, sagte sie und sah ihm ernsthaft in die Augen, »da habe ich am Ende

einen Mann geheiratet, den ich erst heute kennenlerne! Gesteh
mir's, Christian Albrecht, du hast doch nicht auch etwa so einen –«

»Zum Kuckuck«, rief Herr Christian Albrecht lachend, »im hin-
tersten Stallwinkel wird auch wohl bei mir so einer angebunden
stehen; und der soll jetzt heraus ans Tageslicht, trotz aller klugen
Frauenzimmer und meiner allerklügsten noch dazu!«

»So, Christian Albrecht? Und in welcher Art« –sie zögerte ein
wenig – »soll denn der deine seinen Gegenstoß vollführen?«

»Setz dich, Christine«, sagte der Senator, indem er die anmutige
Frau auf seinen Schreibthron hob, »und reden wir deutsch mitsam-
men! In jener Sache da draußen auf dem Hof will ich mein Recht
und keinen Titel davon aufgeben! Aber dazu bedarf es keines Pro-
zessierens, denn es steht klar und bündig in den alten noch vorhan-
denen Kaufkontrakten.«

»Und weiter, Christian Albrecht?«

»Und weiter, Christine, hat zwar der Besitzer von Friedrichs
Hause die Mauer zwischen beiden Häusern aufzuführen und zu
unterhalten; aber der des unsrigen hat den Halbschied der Kosten
dazu beizutragen.«

»Wirklich? Auf Höhe von elf Fuß?«

»Ei was, und wenn's die Mauer von Jericho wäre! Das ist meine
Sache; wenn ich ihm zahlen will, er muß schon stillhalten und
Quittanz dafür erteilen!«

»Und du willst wirklich die Halbschied der Kosten, so das blanke
bare Geld dafür dem Bruder Friedrich in sein Haus schicken?«

»Das will ich, Christine; ganz gewiß will ich.«

»Sie sah ihn eine Weile ganz nachdenklich an.

»So, also auf die Art, Christian Albrecht!« sagte sie langsam.

Aber bevor sie ihre Gedanken über diesen kritischen Fall zu ord-
nen vermochte, kam Botschaft aus der Küche: die Kochfrau war
eben angelangt, und der Bratenwender sollte aufgestellt werden,
denn auf morgen gab es ein großes Fest im Hause. Frau Christine
gedachte plötzlich wieder der Veranlassung, um deren willen sie
das Allerheiligste ihres Mannes aufgesucht hatte; sie ließ sich ihr

blaues Haushaltungsbeutelchen bis zum Rande füllen und verließ das Stübchen, den Kopf voll junger Wirtschaftssorgen.

In dem Hause nebenan sollte heute Herr Friedrich Jovers mit seiner ehrsamen Haushälterin selbander speisen, denn sein junger Lübecker Küfer war auswärts in Geschäften. Zuvor aber trat er nach seiner Gewohnheit vor die Haustür und schaute von dem obersten Treppensteine ein paar Augenblicke in das Wetter und rechts die Straße hinab nach dem dort unten sichtbaren Teile des Hafens.

Als er dann wieder ins Haus und gleich darauf in das Wohnzimmer getreten war, stand die Matrone schon mit vorgesteckter Serviette in der kalmankenen Sonntagskontusche hinter ihrem Stuhle.

»Ist Hochzeit in der Stadt, Frau Möllern?« frug er. »Die Schiffe flaggen ja!«

Er setzte sich, und die Alte setzte sich ihm gegenüber; die Frage mochte er wohl schon vergessen haben, denn Herr Friedrich Jovers pflegte seit geraumer Zeit auf dergleichen keine Antwort zu erwarten.

Aber Frau Antje Möllern, welche auf gewisse Dinge ihren Herrn nicht anzusprechen wagte, ließ sich die Gelegenheit nicht entschlüpfen. »Hochzeit?« wiederholte sie scharf, und ein gewisses Zucken um ihre derben Lippen zeigte, daß eine verhaltene Entrüstung zum Ausbruch drängt. »Nein, es ist keine Hochzeit, es ist nur eine Kindtaufe!«

»Eine Kindtaufe, und die Schiffe flaggen?« sagte Herr Jovers gleichgültig. »Ich wüßte doch nicht, daß bei den Honoratioren –«

Aber Frau Möllern vermochte nicht, ihn ausreden zu lassen. »Oh, Herr Jovers, freilich ist es bei den Honoratioren, bei den allerersten Honoratioren; aber eine Schande ist es, eine offenbare Schande, sag ich!«

Herr Jovers wurde doch aufmerksam. »Was will sie damit sagen?« frug er kurz.

»Damit, Herr Jovers, will ich sagen, daß Ihr einziger Bruder, der Herr Senator Christian Albrecht Jovers, heute sein erstes Söhnchen taufen läßt; und Sie fragen noch, warum die Schiffe flaggen?«

Herr Friedrich sagte nichts; aber Frau Antje Möllern entging es nicht, wie ihm die Hand zitterte, während er schweigend den Rest seiner Suppe hinunterlöffelte.

Die grimmigen Augen der Alten begannen plötzlich einen wehleidigen Ausdruck anzunehmen. »Herr Jovers«, begann sie seufzend, »Ihr Herr Großvater selig und meines Vaters Onkel, was waren das für gute Freunde! Sie wissen das ja auch, Herr Jovers!«

»Zum mindesten«, sagte Herr Jovers, »hat Sie mir das oft genug erzählt.«

»Nun, Herr Jovers, selig Senatorn wußte das ja auch!«

»Ja, ja, Möllern, und auch der alte Friedebohm! Denn in den Büchern meines Großvaters läuft bis zu seinem seligen Ende eine jährliche Ausgabepost: Zehn Pfund Tabak und ein Gewandstück für den armen Krischan Möller.«

Frau Antje schluckte etwas; dann nicht, nachdem sie den mittlerweile erschienenen Braten vorgelegt hatte, nahm sie doch den Faden wieder auf. »Ja, Herr Jovers, sie waren Schulkameraden, und das vergaßen sie sich nicht! Für alle Mittwoch war Herr Christian Möller zu Herrn Senator Christian Jovers auf den Kaffee geladen; im Sommer tranken sie denselben in dem schönen Gartenpavillon, den Ihr Herr Großvater damalen erst gebaut hatte. Nicht wahr, Herr Jovers, man hätte sie wohl sehen mögen, die alten Herren, wie sie in liebevoller Unterhaltung mit ihren holländischen Pfeifen vor den offenen Gartentüren saßen! – Wenn sie es damalen hätten voraussehen können!«, fuhr Frau Antje fort, vor ihrem noch immer unberührten Braten sitzend, »daß der nunmehrige Herr Senator Jovers oder, sagen wir's nur gradheraus, die nunmehrige Frau Senatorn einen solchen Prozeß um diesen schönen Lustgarten anheben würde, was würden die beiden braven Freunde dazu wohl gesagt haben?«

»Weiß nicht, Möllersch«, sagte Herr Friedrich, der bisher in halber Zerstreuung dagesessen hatte; »vielleicht wäre es meinem Großvater zum Verdruß geschlagen, und er hätte den laufenden Posten von zehn Pfund Tabak und einem Gewandstück ein für allemal gestrichen!«

Die Matrone nagte sich ein paarmal auf die Lippe; dann sprach sie mit andächtigem Aufblick: »Wie wohl hat unser Herrgott es gemacht, daß diese lieben Männer itzt in ihrem Grabe ruhen!«

»Sehr wohl, Möllersch«, sagte Herr Friedrich, indem er vom Tische aufstand; »und da lasse Sie die beiden alten Leute nur und sorge Sie für Ihre Leibesnahrung, damit Sie nicht vor der Zeit bei Ihres Vaters Onkel zu ruhen komme! Zunächst aber hole Sie mir den Überrock von draußen aus dem Schrank!«

Als das geschehen war, ging Herr Friedrich aus dem Hause, ohne zu sagen, wohin und wann er wiederkommen werde; Frau Antje aber legte zuvörderst die Serviette zusammen, welche der sonst so akkurate Herr als wie ein Wischtuch auf dem Tische hatte liegenlassen, und machte sich dann voll stillen Ingrimms über ihren Braten her.

– Am selbigen Abend, da es vom Kirchturme acht geschlagen hatte, stand Herr Friedrich Jovers auf seinem Steinhofe mit dem Rücken an der Mauer eines Hintergebäudes und blickte unverwandt nach den hell erleuchteten Saalfenstern seines Elternhauses, deren unterste Scheiben die neue Mauer noch so eben überragten.

Ganz heimlich, vor allem als dürfe Frau Antje Möllern nichts davon gewahren, war er nach seiner Rückkehr hier hinausgeschlichen. Weshalb, wußte er wohl selber kaum; denn mit jedem Gläserklingen, das zu ihm herüberscholl, mit jeder neuen Gesundheit, deren Worte er deutlich zu verstehen glaubte, drückte er die Zähne fester aufeinander. Gleichwohl stand er wie gebannt an seinem Platze, sah in das Blitzen der brennenden Kristallkrone und horchte, wenn nichts andres laut wurde, auf den Schrei des alten Papageien, der, wie er wohl wußte, bei der Festtafel heute nicht fehlen durfte.

Da erschien an einem der Fenster, gerade an dem, welches seinen Schein auf Herrn Friedrichs Standplatz warf, eine zierliche Frauengestalt. Er konnte das Antlitz nicht erkennen; aber er sah es deutlich, daß der Kopf des Frauenzimmers, wie um ungehinderter hinauszuschauen, sich mit der Stirn an eine Scheibe drückte. Doch auch das schien ihr noch nicht zu genügen; ein Arm streckte sich empor, wie um die obere Haspe zu erreichen, und jetzt, während im Saale neues Gläserklingen sich erhob und der Papagei dazwischenschrie, wurde leise der Fensterflügel aufgestoßen.

Herr Friedrich erkannte seine Schwägerin. Sie lehnte sich hinaus, sie legte die Hand an ihren Mund, als ob sie zu ihm hinüberrufen wolle; und jetzt hörte er es deutlich, wenn es auch nur wie geflüstert klang: es war sein Name, den sie gerufen hatte. Und da er wie ein steinern Bild an seiner Mauer blieb, kam es noch einmal zu ihm herüber, und dann, als wolle sie ihm winken, erhob sie langsam ihre Hand und deutete dann wieder nach dem hellen Festsaal. – Was hatte sie vor? Wollte sie ihn noch jetzt zur Taufe laden? Er wußte, sie konnte solche Einfälle haben; er wußte auch, wenn er jetzt ihr folgte, er würde seinem Bruder den besten Teil des Festes bringen; aber – der Garten! Nach ein paar fürsorglichen Andeutungen des Herrn Siebert Sönksen stand in allernächster Zeit eine abfällige Sentenz bei dem Magistrate hier in Aussicht! – Nein, nein, die zweite Instanz mußte beschritten, der Prozeß mußte dort gewonnen werden; waren doch auch die weitschichtigen Rezesse des Goldenen von vornherein auf diese höhere Weisheit nur berechnet gewesen!

Herr Friedrich Jovers wollte sein Recht. Frau Christine hatte es selbst gesagt, er konnt nicht anders, er war ein Trotzkopf; er rührte sich nicht, der Bock hielt ihn mit beiden Hörnern an die Mauer gepreßt.

Freilich wußte er es nicht, daß Christian Albrecht ihn im Gevatterstande vertreten und seinen Erstgeborenen getrost auf seines Bruders und des Urgroßvaters Namen hatte taufen lassen. Da drüben aber wurde das Fenster zögernd wieder geschlossen.

Wenige Tage später stand der vierschrötige Maurermeister Hinrich Hansen, wohlrasiert, seinen Dreispitz in der Hand, im Kabinette des Senators Christian Albrecht Jovers.

»Also«, frug dieser, »zweihundertundvierzig Reichstaler war die Verdingsumme für das Werk da draußen, und Er hat den Betrag bereits empfangen?«

Meister Hansen bejahte das.

»Weiß Er denn wohl«, sagte der Senator wieder, »daß mein Bruder Ihm da um die Hälfte zuviel gegeben hat?«

Der alte Handwerksmann wollte aufbrausen; das griff an seine Zunft- und Bürgerehre. »Laß Er nur, Meister«, sagte Herr Christian Albrecht und legte beschwichtigend die Hand auf den Arm des neben ihm Stehenden. »Seine Arbeit ist auch diesmal rechtschaffen; aber Er weiß doch, was ein Hauskontrakt bedeutet?« Und damit schob er ihm das vergilbte Schriftstück zu, welches aufgeschlagen auf dem Pulte lag.

Der Meister zog seine Messingbrille hervor und studierte lange und bedächtig unter Beistand seines Zeigefingers den ihm bezeichneten Paragraphen; endlich klappte er die Brille zusammen und steckte sie wieder in das Futteral.

»Nun?« frug Herr Christian Albrecht.

Der Meister antwortete nicht; er fuhr mit seinen Fingern in die Westentasche und suchte nach einem Endchen Kautabak, womit er in schwierigen Umständen seinen Verstand zu ermuntern pflegte.

»Nicht wahr, Meister«, sagte der Senator wieder, »da steht es klar und deutlich?«

Der Meister kam nun doch zu Worte. »Mag sein, Herr«, erwiderte er stockend, »aber es ist mir denn doch alles voll und richtig ausbezahlt!«

Der Senator ließ sich das nicht anfechten. »Freilich, Meister; aber die eine Hälfte war ja nicht Herr Friedrich Jovers, sondern ich Ihm schuldig! Das macht auf den Punkt einhundertzwanzig Reichstaler. Hier sind sie, wohlgezählt in Kron- und Markstücken; und nun gehe Er zu Herrn Friedrich Jovers und zahle Er ihm zurück, was Er von ihm zuviel empfangen hat!«

Meister Hansen zögerte noch; in seinem Kopfe mochte die Vorstellung von einem etwas kuriosen Umwege auftauchen, aber bevor er mit seinen schwer beweglichen Gedanken darüber ins reine kam, war schon das Geld in seiner Tasche und er selber zur Tür hinaus.

Herr Christian Albrecht rieb sich vergnügt die Hände. »Was wird Bruder Friedrich dazu sagen? Stillhalten muß er schon; hier steht's!« Und er tupfte mit den Fingern dreimal zuversichtlich auf den alten Hauskontrakt.

Da wurde an die Tür gepocht. Der Schreiber seines Sachwalters überbrachte ihm einen Brief.

Als der Überbringer sich entfernt und Herr Christian Albrecht den Brief gelesen hatte, war der eben noch so vergnügliche Ausdruck seines Angesichts mit einemmal wie fortgeblasen. »Musche Peters«, sagte er kleinlaut, indem er die Tür zur großen Schreibstube öffnete, »bitte Er doch die Frau Senatorin, auf ein paar Augenblicke bei mir vorzusprechen!«

Die Frau Senatorin ließ nicht auf sich warten. »Da hast du mich, Christian Albrecht!« rief sie fröhlich, »aber« – – und sie schaute ihm ganz nahe in die Augen, »fehlt dir etwas? Es ist doch kein Unglück geschehen?«

»Freilich ist ein Unglück geschehen, Christinchen; da – lies nur diesen Brief!«

Ihre Augen flogen über das Papier. »Aber, Christian Albrecht, du hast ja den Prozeß gewonnen!«

»Freilich, Christinchen, hab' ich ihn gewonnen.«

»Und das nennst du ein Unglück? Da hast du ja alles nun in deiner Hand!«

»Hatte ich in meiner Hand, mußt du sagen! Fünf Minuten vor Empfang dieses Schreibens habe ich durch Meister Hansen die Hälfte der unseligen Mauergelder an Bruder Friedrich abgesandt.«

Frau Christine schlug die Hände ineinander. »Das wird eine schöne Geschichte werden! – Du!?« – Und sie drohte ihm mit dem Finger. – »Ich hatte es dir vorher gesagt!«

Und es wurde eine schöne Geschichte; denn zu derselben Zeit stand im Nachbarhause der Meister Hansen vor dem Herrn Friedrich Jovers.

Bei seinem Eintritt in den Hausflur war der goldene Advokat gegen ihn angeprallt und dann wie in blindem Geschäftseifer an ihm vorbeigeschossen. Im Zimmer selbst saß der Hausherr mit einem Schriftstück in der herabhängenden Hand, das mit vielen Schnörkeln begann und mit dem großen Magistratssiegel endete. Er schien über den zuvor gelesenen Inhalt nachzusinnen und nicht gehört zu haben, was ihm der Meister eben vorgetragen hatte; als dieser aber aus seiner Hand ein paar schwere Geldrollen auf den Tisch fallen ließ, richtete er sich plötzlich auf. »Geld? Was soll das?« rief er. »Was sagt Er, Meister Hansen?«

Der Meister trug noch einmal seine Sache vor, und jetzt hatte Herr Friedrich zugehört und recht verstanden.

»So?« sagte er anscheinend ruhig, indem er sich von seinem Sitz erhob; aber sein Antlitz rötete sich bis unter das dunkle Stirnhaar. »Also dazu hat Er sich gebrauchen lassen?« – Dann ergriff er plötzlich die beiden Geldrollen und machte eine Armbewegung, die den stämmigen Meister fast zur Gegenwehr veranlaßt hätte.

Aber Herr Friedrich besann sich wieder. »Setz Er sich!« sagte er kurz; dann ging er rasch zur Stubentür und über den Hausflur nach dem Hof hinaus.

Der junge Küfer, der vor der offenen Kellertür des Lagerraums beschäftigt war, sah mit Verwunderung den Herrn Prinzipal bald mit vorgestrecktem Kopfe auf dem Klinkersteige des Hofes dröhnend hin und wider schreiten, bald wieder ein Weilchen stillestehn und mit halb scheuen Blicken an der hohen Scheidemauer hinaufschauen.

Das mochte eine Viertelstunde so gedauert haben; endlich, wie in raschem Entschluß, ging Herr Friedrich in das Haus zurück. Als er ins Zimmer trat, fand er den Handwerksmann auf demselben Stuhle, wo er ihn gelassen hatte.

»Meister«, sagte er, aber es war, als werde bei den wenigen Worten ihm der Atem kurz, »hat Er Leute in Bereitschaft? So etwa fünf oder sechs, und noch heute oder doch morgen schon?«

Der Meister war aufgestanden und besann sich. »Nun, Herr Jovers, es ginge wohl! Mit der Stadtwaage sind wir jetzt soweit; ein Stücker fünfe könnten schon gemißt werden.«

»Gut denn, Meister« – und Herr Friedrich ergriff noch einmal, und nicht minder heftig als vorhin, die beiden auf dem Tische liegenden Geldrollen –, »so baue Er mir die Mauer auf meinem Hofe noch um so viel höher, als dieses Silber dazu reichen will!«

Der Handwerksmann schien kaum zu merken, daß während dieser Worte die Rollen schon in seinen Händen lagen.

»Hat Er mich nicht verstanden?« fuhr Herr Friedrich fort, da der andre keine Antwort gab.

»Freilich, Herr; das ist wohl zu verstehen; aber« – und der Meister schien ein paar Augenblicke nachzurechnen – »das gäbe ja noch an die sechs bis sieben Fuß!«

»Meinetwegen«, sagte Herr Friedrich finster, »nur sorge Er dafür, daß es um keinen Schilling niedriger und auch um keinen höher werde, als wozu Er da das Geld in Händen hat!«

»Hm«, machte der alte Mann und sah den jüngeren mit einem Blicke an, als ob ihm plötzlich ein Verständnis komme, »wenn Sie es denn so wollen, Herr Jovers; es ist Ihre Sache.«

Herr Jovers wandte sich ab. »So wären wir fertig miteinander!« sagte er hastig. »Fanget nur gleich morgen an, damit ich der Unruhe in Bälde wieder ledig werde!«

Als Meister Hansen dann hinausgegangen war, warf er sich auf einen Stuhl am Fenster und starrte auf die leere Straße. Er schien keine Gedanken zu haben; vielleicht auch wollte er keine haben.

Und schon am andern Tage, während der Herr Onkel Bürgermeister und der Herr Vetter Kirchenpropst noch einmal ihr vergebliches Versöhnungswerk betrieben, wurde zwischen den Höfen der beiden Brüder rüstig fortgemauert, und der struppige Assyrer sang dabei alle Lieder, die er auf seinen Kreuz- und Querzügen aus der Fremde heimgebracht hatte. Im Hause des Senators wurden die Schreibstuben mit jeder neuen Steinlage immer mehr verdunkelt, und der alte Friedebohm ertappte sich zu seinem Schrecken mehr als einmal, wie er müßig vor dem Fenster stand und, eine vergessene Prise zwischen den Fingern, diesem, wie er es bei sich selber nannte, babylonischen Beginnen zusah. Auf der andern Seite ging Herr Friedrich Jovers, wenn er auf dem Wege zu seinen Geschäftsräumen den Hof betreten mußte, hastig und ohne jemals aufzublicken daran vorüber. Dann, nach Verlauf einiger Tage, hörte das Mauern und das Singen auf; die Handwerker waren fort, das neue Werk war fertig.

Statt dessen vernahm Herr Friedrich am nächsten Vormittage ein Geräusch, das ihm wie mit einem Schlage die seltensten, aber höchsten Freuden seiner Knabenjahre vor die Seele führte; er hatte eben die Hoftür geöffnet und seinem draußen beschäftigten Ausläufer etwas zugerufen, als er horchend stehenblieb. Er wußte es genau; er sah es vor sich, wie jetzt drüben auf dem Hofe des Elternhauses die großen Reisemäntel geklopft wurden; ja, er sah sich selbst als Knaben in seinen Sonntagskleidern an seiner Mutter Hand daneben stehen und hörten den frohen Ton ihrer Stimme, womit sie bei solchem Anlaß einstmals ihrer Kinder Herz erfreute.

Er erschrak fast, als der Gerufene ihm jetzt entgegentrat, und ihm entfiel unwillkürlich die Frage, was denn für eine Reise drüben wohl im Werke sei. Aber bevor der Mann den Mund aufzutun vermochte, kam bereits die Antwort aus der nahe liegenden Küche: Frau Antje Möllern hatte selbstverständlich schon lange die genauesten Nachrichten; ein Glück, daß sie es endlich nun erzählen konnte! Die junge Frau Senatorn wollte mit ihrem Erbprinzen auf Besuch zu ihren Eltern, obschon das liebe Kind mit jedem Tag ins Zahnen fallen könne und Pankratius und Servatius noch nicht einmal vorüber seien; und der gute Herr Senator müsse auch mit auf die Reise, denn was kümmere das die Frau Senatorn, daß eine große Ladung Ostseeroggen erst eben auf der Reede angekommen sei! »Herr Jovers!« schloß Frau Antje ihre Rede, als der Arbeitsmann sich entfernt hatte, und wies mit dem Daumen nach dem Hofe zu, »glauben Sie es, oder glauben Sie es nicht – die hat's nicht ausgehalten, daß sie uns von drüben nun nicht mehr in unsre Töpfe gucken kann!«

Ein fast grimmiges Zucken fuhr um Herrn Friedrichs Lippen; dann aber sah er die alte Dame nur eine Weile mit etwas starren Augen an. »Also das ist Ihre Meinung, Möllersch?« sagte er trocken, und als sie hierauf beteuernd mit ihrem dicken Kopf genickt hatte, setzte er hinzu: »So wolle Sie die Güte haben, dergleichen Meinung künftig bei sich selber zu behalten!«

Als er das ausgesprochen hatte, ging er fort, und Frau Antje blieb, die Hände über ihrem starken Busen gefaltet, noch eine ganze Weile stehen, die Augen unbeweglich nach der Richtung, in der ihr Herr verschwunden war. Dann plötzlich trabte sie an den verlassenen Herd zurück und rührte unter heftigen Selbstgesprächen in dem über dem Dreifuß stehenden Topfe, daß die kochende Brühe zu allen Seiten in die lodernden Flammen spritzte.

Es war unverkennbar, daß die Mauer draußen, obgleich sie keineswegs behagliche Gefühle in ihm erweckte, nach ihrer abermaligen Vollendung eine geheimnisvolle Anziehungskraft auf Herrn Friedrich Jovers übte. Freilich hatte er noch immer vermieden, an dem neuen Werk emporzusehen; jetzt aber, nachdem der Abend herangekommen war, ließ es ihm auch hierzu keine Ruhe mehr. Er hatte sich vorgespiegelt, sein junger Küfer, der zur gewohnten Stunde aus dem Geschäft gegangen war, könne das Auffüllen der neuen Fässer unterlassen haben, welche in dem Keller hinter dem Hofe lagen; allein er hatte schon darum vergessen, als er kaum den Hof betreten hatte.

Oben an dem dunkeln Frühlingshimmel schwamm die schmale Sichel des Mondes und warf ihr bläuliches Licht auf den oberen Rand der Scheidemauer und das Dach des elterlichen Hauses. Herr Friedrich stand jetzt an derselben Stelle, von wo aus er an jenem Abend ein stummer Zeuge der Familienfestlichkeit gewesen war; er stand dort ebenso stumm und unbeweglich, aber auf seinem Antlitz lag jetzt ein unverkennbarer Ausdruck der Bestürzung. So sehr er seine Augen anstrengte, es wurde nicht anders: hinter dem neuen Maueraufsatz waren die Fenster des alten Familiensaales bis zum letzten Rand verschwunden.

Es war schon spät am Abend; nichts regte sich, weder hüben noch drüben; nur das Klirren eines Fensterflügels, der im Hauptbau auf der andern Seite offenstehen mochte, wurde dann und wann im Aufwehen der Nachtluft hörbar. Herr Friedrich wollte eben in sein Haus zurückkehren, da tönte von drüben plötzlich die Stimme des alten Kubapapageien: »Komm röwer!« und nach einer Weile noch einmal »Komm röwer!« Wie ein eindringlicher Ruf, fast schneidend, klang es durch die Stille der Nacht; dann, nach kurzer Pause, folgte ein gellendes Gelächter. Herr Friedrich kannte es sehr wohl; der verwöhnte Vogel pflegte es auszustoßen, wenn ihm die Nachahmung der eingelernten Worte besonders wohlgelungen war. Aber was sonst als der unbehilfliche Laut eines abgerichteten Tieres gleichgültig an seinem Ohr vorbeigegangen war, das traf den einsamen Mann jetzt wie der neckende Hohn eines schadenfrohen Dämons.

»Komm röwer!« Seine Lippen sprachen unwillkürlich diese Worte nach; über seine selbstgebaute Mauer konnte er nicht hinüberkommen.

Noch lange stand er, das Hirn voll grübelnder Gedanken, ohne daß etwas andres als das gewöhnliche Geräusch der Nacht zu seinem Ohr gedrungen wäre; fast sehnte er sich, noch einmal den Schrei des Vogels zu vernehmen; als aber alles stillblieb, ging er ins Haus und legte sich zum Schlafen nieder.

Allein er hörte eine Stunde nach der andern schlagen, und da er endlich schlief, war es nur eine halbe Ruhe. Ihm war, als sei er auf dem Wege zum Garten; aus der Pforte kamen seine Eltern ihm entgegen, von denen er gemeint hatte, daß sie beide schon im Grabe lägen; als er auf sie zuging, sah er, daß ihre Augen fest geschlossen waren; er wollte sie eben bitten, ihn doch anzusehen, da war die hohe Mauer vor ihm aufgestiegen, und dahinter scholl das Gelächter des alten Kubavogels, das wie in einem Echo an hundert Mauern hin und wider sprang.

– – Das Geräusch eines dicht unter seinen Fenstern vorüberrollenden Wagens weckte ihn. Es war schon Morgenfrühe; die dicke goldene Taschenuhr, welche er von seinem Nachttisch langte, zeigte auf reichlich fünf Uhr. Rasch war er aus dem Bette, zog das Vorhängsel von einem Guckfenster in der vorspringenden Seitenwand zurück und sah auf die Straße hinab. Von Osten her lagen die Häuserschatten noch auf den feuchten Steinen und bis hoch an den gegenüberstehenden Gebäuden hinauf; vor der Treppe des brüderlichen Hauses hielt ein bespannter Reisewagen: Koffer wurden durch den alten Diener hintenauf geladen und Kisten und Schachteln unter den Wagenstühlen festgebunden.

Bald darauf sah er nun auch seinen Bruder und Frau Christine in Reiserock und Mantel aus dem Hause treten; dann folgte eine gleichfalls reisefertige Magd mit einem anscheinend nur aus Tüchern bestehenden Bündelchen, an welchem die junge Frau Senatorn noch viel zu zupfen und zu stecken hatte, und worin Herr Friedrich nicht ohne Grund seinen ihm noch unbekannten jungen Neffen vermutete.

Endlich war alles auf dem Wagen. Herr Friedebohm, von der obersten Treppenstufe, schien eiligst noch mit Kopf und Händen die Versicherung getreuen Einhütens zu erteilen; dann klatschte der Kutscher, und bald war die Straße leer, und Herr Friedrich hörte nur noch das schwache Rollen des Wagens droben in der Stadt, wo es zum Ostertor hinausführte.

Aber auch ihn selbst duldete es nun nicht länger im Hause; rasch war er angekleidet und ging in den frischen Morgen hinaus. Er war hinten um die Stadt herumgegangen, an der stillen Gasse vorüber, in welcher die Pforte zu dem Familiengarten sich befand; jetzt schritt er langsam, seinen Rohrstock unter dem Arme, drüben auf dem breiten Gange des Kirchhofes und schaute über den alten Hagedornzaun nach dem seit einem halben Jahre von ihm gemiedenen Familiengrundstück hinüber. Bäume und Sträucher standen schon in lichtem Grün, und dort von den jungen Apfelbäumen, die sein Vater, der alte Herr Senator, noch gepflanzt hatte, lachten ihn die ersten roten Blütensträuße an. Bald auch gewahrte er mit Verwunderung, daß der Garten, wie in jedem Frühjahr, in ordnungsmäßigen Stand gesetzt war, und – täuschte ihn denn sein Ohr? – er hörte ein Geräusch, als ob geharkt und darauf Beete mit dem Spaten angeklopft würden; aber der Pavillon und das hohe Gebüsch zu dessen Seiten verwehrten ihm die Aussicht.

Er blieb stehen und lauschte, während das Geräusch des Arbeitens sich ebenmäßig fortsetzte. Da wallte es in ihm auf; wer konnte sich unterstehen, den in Streit befangenen Garten anzufassen?

»Heda!« rief er. »Was wird da getrieben?«

Das Arbeiten hörte auf, und nach einigen Augenblicken trat der alte Andreas mit einem Spaten auf der Schulter hinter dem Pavillon hervor.

»Er, Andreas?« herrschte ihn Herr Friedrich an. »Was hat Er hier zu schaffen? Hat Ihm mein Bruder etwa hier zur Arbeit herbeordert?«

Der Alte schob seine Pudelmütze von einem Ohr zum andern. Die Frage mochte ihm unerwartet kommen; hatte er doch noch von dem seligen Herrn her einen Schlüssel zu der Gartenpforte und seit über einem Vierteljahrhundert einzig nach dem Kalender, den er in seinem Kopfe trug, die Beete umgegraben, Erbsen und Bohnen nach seiner eignen Wissenschaft gelegt und Bäume und Gesträuche angebunden und beschnitten. »Herbeordert?« sagte er endlich. »Nein, Herr; so herbeordert hat mich niemand; aber wenn's nicht alles in die Wildnis gehen soll, so war es just die höchste Zeit.«

»Was kümmert Ihn das«, rief Herr Friedrich, »ob es hier verwildert?«

Der Alte hatte seinen Spaten in die Erde gestoßen. »Was mich das kümmert?« wiederholte er und sah völlig verdutzt zu dem Sohne seines alten Herrn hinüber.

»Freilich Ihn!« fuhr dieser fort; »denn wer wohl, meint Er, daß Ihm Seine Arbeit hier bezahlen werde?«

»Nun, Herr; es wird schon alles angeschrieben.«

»So schreib Er's gleich nur in den Schornstein«, rief Herr Friedrich, »und vertu Er seine Zeit nicht, die Er besser brauchen kann!«

Andreas wischte mit der Hand den Schweiß von seiner Stirn. »Wenn das Ihr Ernst ist, Herr Jovers«, sagte er, »so kann ich freilich nur nach Feierabend hier noch arbeiten; das aber« – und er erhob den Spaten und zeigte damit nach dem Kirchhofe hinüber – »tu ich meiner alten Herrschaft zuliebe.«

Herr Friedrich sagte nichts; Andreas aber ging mit seinem Spaten fort, und bald wurde wieder das einförmige Geräusch des Grabens in der Morgenstille hörbar.

Der andre stand noch eine Weile an derselben Stelle, als müsse er die Spatenstiche zählen, die er drüben den alten Arbeiter machen hörte; dann wandte er sich plötzlich und ging weiter in den Kirchhof hinein, bis zu dem Grabe seiner Eltern. Hier saß er lange auf den Steinen, welche die Familiengruft bedeckten, und blickte auf den grünen Koog hinunter und darüber hinaus auf den silbernen Strich des Meeres, wo in der Ferne die Masten des guten, ihm so wohlbekannten Schiffes »Elsabea Fortuna« sichtbar wurden.

Als es in der Stadt vom Turme sieben schlug, stand er wieder an dem alten Gartenzaune. Der vorübergehende Totengräber, dessen Gruß er nicht zu bemerken schien, gewahrte mit Verwunderung, wie Herr Friedrich Jovers mit seinem Stocke recht unbarmherzig gegen einzelne der alten Büsche stieß, während doch, wie von einem frohen Entschluß, ein stilles Lächeln auf seinem Antlitz lag.

Plötzlich aber richtete Herr Friedrich sich auf und schritt aus dem Kirchhofe in die Stadt hinein; er schritt nicht seiner Wohnung zu, sondern die lange Osterstraße hinauf, wo das Haus des Meisters Hinrich Hansen lag.

Und acht Tage später, an einem sonnigen Spätnachmittage, hielt der Chaisewagen des Senator wieder vor dessen Haustür; die Reisenden samt Kind und Kindsmagd waren heimgekehrt. Als der schlafende Erbe glücklich vom Wagen und oben in der Kinderstube untergebracht war, lief die junge Frau, wie zu neuer freudiger Besitznahme, durch alle Räume ihres Hauses, und als sie hier überall gewesen war und, dank der alten schwiegerelterlichen Köchin, alles in musterhafter Ordnung gefunden hatte, schritt sie langsam den Gang hinab, der an der Küche vorbei zur Hoftür führte. Ihr Gesicht war plötzlich ernst geworden, und es dauerte eine Weile, bevor sie die Klinke aufdrückte und hinaustrat.

Allein so zögernd sie hinausgegangen war, so rasch kam sie zurück; sie flog fast an der Küche vorüber nach dem Hausflur; ihre Augen strahlten: »Christian, Christian Albrecht!« rief sie. »Wo steckst du? Komm doch, komm geschwinde!«

Da trat er schon mit heiterem Antlitz aus der Schreibstube auf sie zu.

»Komm!« rief sie nochmals und ergriff ihn bei der Hand. »Ein Wunder, Christian Albrecht, ein wirkliches Wunder! Wie aus dem Döntje von dem Fischer und sine Fru! Ein schwarzer jütscher Topf, ein Haus, ein Palast; immer höher und höher, und dann eines angenehmen Morgens – Mantje Mantje Timpe Te! – da sitzen sie wieder in ihrem schwarzen Pott!« Und sie sah mit glückseligen Augen zu ihrem Mann empor.

Auch aus seinen guten Augen leuchtete ein Strahl des Glückes. »Ich habe es schon gesehen«, sagte er; »aber es ist kein Wunder, es ist viel besser als ein Wunder.«

Und als sie dann Arm in Arm auf den Hof hinaustraten, der wieder hell und frei wie früher vor ihnen lag, da sahen sie die hohe Mauer bis auf ihr altes Maß hinabgeschwunden, und hinter der niedrigen Grenzscheide stand Herr Friedrich Jovers und streckte schweigend dem Bruder seine Hand entgegen.

»Friedrich!«

»Christian Albrecht!«

Die Hände lagen ineinander; aber jetzt erhob Herr Friedrich den Kopf, als ob er nach den Fenstern des elterlichen Hauses hinüberlausche.

»Worauf hörst du, Bruder?« frug ihn der Senator.

Einen Augenblick noch blieb der andre in seiner horchenden Stellung, dann ging ein Lächeln über sein ernstes Gesicht. »Ich meinte, Bruder, daß unser alter Papagei mich riefe, aber er hat es neulich abends schon getan.«

Und als er das gesagt hatte, legte er die eine Hand auf den oberen Rand der Mauer, und mit einem Satze schwang er sich hinüber.

»Mein Gott, Friedrich«, rief Frau Christine, indem sie einen raschen Schritt zurücktrat, »ich habe dich noch niemals springen sehen!« Und dabei standen ihre Augen voll von Tränen.

Er faßte seine Schwägerin an beiden Händen. »Christine«, sagte er, »dieser Sprung war nur ein Symbolum; ich werde künftig wieder hübsch auf ebner Erde bleiben.«

Der Senator blickte heiter in den nun wieder frei gewordenen Luftraum. »Lieber Bruder«, begann er mit bedächtigem Lächeln, »die ganze Mauer war ja eigentlich nur ein Symbolum, außer daß sie denn doch leibhaftig dagestanden, und währenddem der alte Friedebohm sich seine Federn nicht mehr schneiden konnte –«

Herr Friedrich unterbrach ihn. »Wenn's gefällig wäre, so nehmet noch einmal eure eben abgelegten Hüte und begleitet mich auf einer kurzen Promenade!«

»Was du willst, Friedrich!« rief Frau Christine. »Alles, was du willst!« Und da Herr Christian Albrecht gleichfalls einverstanden war, so gingen sie miteinander durch das elterliche Haus, und Herr Friedrich führte sie den bekannten Weg hinten um die Stadt, an der grünen Marsch entlang und wieder in die Stadt hinein.

Sie hatten längst bemerkt, daß er sie zu dem in Streit befangenen Garten führte; aber sie fragten nicht, sie gingen schweigend und in freudiger Erwartung neben dem Bruder her.

Am Eingange empfing sie der alte Andreas, die Steigharke in der Hand, ein schelmisches Schmunzeln im Gesicht. Alles zeigte sich in schönster Ordnung; an den jungen Apfelbäumen waren alle Blütensträuße aufgebrochen.

Herr Friedrich beschleunigte seine Schritte, während er den Muschelsteig zum Pavillon hinauf-, dann aber an demselben vorbei und nach der Kirchhofseite zuschritt. Als sie hier aus dem Gebüsch hinaustraten, stieß Frau Christine einen leichten Schrei aus, wie er sich in freudiger Überraschung so anmutig von dem Frauenherzen löst; denn an der Stelle des krüppelhaften Zaunes, welcher sonst die Scheide gegen den Kirchhof hin bezeichnet hatte, erhob sich vor ihnen eine stattliche Mauer, wie Herr Christian Albrecht sie sich immer hier gewünscht hatte. »Nun, gewißlich«, rief die hübsche Frau, »da steht es vor uns, auch die Liebe kann –«

Aber Herr Friedrich nahm ihr das Wort aus dem Munde. »Die Frau Schwester meinen«, sagte er höflich, »Meister Hansens Leute können, wenn auch keine Berge, so doch eine Mauer recht gescheit versetzen; mich selber anbelangend, so habe ich hierbei auf des Herrn Bruders gütigen Konsens gerechnet. Und, Christian Albrecht«, fuhr er in herzlichem Tone fort, indem er sich zu seinem Bruder wandte, »hiemit, so du gleichen Sinnes bist, ist unser Prozeß am Ende; du hast das Urteil unsers Magistrats für dich; meinen Einspruch habe ich zurückgezogen. Tue du nun ein übriges und bestimme als der Älteste, wie es mit dem Garten sich soll verhalten werden! Wie du die Teilung vornimmst, ich bin es jedenfalls zufrieden.«

Herr Christian Albrecht hatte dieser Rede zugehört wie einer, welcher zugleich einem eignen Gedanken nachgeht. »Ist das dein Ernst, Friedrich?« sagte er, seinem Bruder voll ins Antlitz sehend; »dein wohlbedachter Ernst?«

»Mein voller, wohlbedachter Ernst«, erwiderte Herr Friedrich ohne Zögern.

»Nun denn«, rief Christian Albrecht freudig, »so teilen wir gar nicht, Bruder Friedrich! Jovers Garten hat es hier von Großvaters Zeiten her geheißen, so darf es jetzt nicht Christian Albrechts und Friedrichs Garten heißen!«

Einen Augenblick lang zogen Herrn Friedrichs dunkle Brauen sich zusammen, als ob er über einen Gewaltstreich seines Bruders zürnen müsse; dann aber wurde es plötzlich hell auf seinem Antlitz, wie Christian Albrecht in so raschem Wechsel es nur bei ihrem Vater einst gesehen hatte. Lebhaft ergriff er seines Bruders Hand: »Topp, Christian Albrecht! Aber wie war's nur möglich, daß dies damals keinem von uns beiden eingefallen ist?«

Herr Christian Albrecht lächelte. »Ich glaube, Friedrich, wir haben damals beide etwas laut geredet; da konnten wir die eigne Herzensmeinung nicht vernehmen.«

Frau Christine, die in stiller Freude dem Gespräch der Brüder zugehört hatte, hob jetzt ihre Uhr empor, die sie, noch von der Reise her, an einem schweren Gürtelhaken bei sich führte. »Vesperzeit, wenn's beliebet!« rief sie. »Und Friedrich, du speisest doch heut abend bei uns? Die alte Margret wird schon löblich vorgesehen haben! Freilich – deine perdrix aux truffes, die hast du ein für allemal verlaufen.«

Es war zu Ende Juli. Frau Antje Möllern saß bei Frau Nachbarn Jipsen auf der Beischlagsbank und erzählte dieser noch einmal, wie schon mehreremal vorher, daß es nun nichts nütze, da drüben noch länger auszuhalten; denn die da – und sie nickte nicht eben sanft nach dem alten Kaufherrnhaus hinüber – habe nun auch Herrn Friedrich Jovers ganz in ihren Schlingen; sie, Antje Möllern, habe dies dem letzteren auch rundheraus gesagt und dann zugleich auf Michael gekündigt; und Frau Nachbarn Jipsen erwiderte darauf, heute gleichfalls nicht zum erstenmal, daß sie das alles längst vorausgesehen habe.

Unten im Ratsweinkeller saß an diesem warmen Nachmittage der goldene Advokat und demonstrierte dem Herrn Stadtsekretär, der aus den oberen Rathausräumen zu einem kühlen Trunk herabgestiegen war, wie er die scharfsinnigen Deduktionen seiner Klage-

und Replikrezesse, welche – ganz sub rosa – denn doch über den Horizont des ehrenwerten Magistrats hinausgingen, nun leider ganz umsonst geschrieben habe; und der stets höfliche Herr Stadtsekretär tupfte dem Goldenen recht freundlich auf die Schultern und sagte lächelnd: »Umsonst, Herr Siebert Sönksen? Doch wohl nicht ganz umsonst! Da müßten wir die Herren Jovers sonst nicht kennen!« – Und der Goldene lächelte gleichfalls und griff behaglich nach seinem Spitzglas Roten.

Draußen in den Gärten aber war es in der Stachelbeerenzeit, und in Jovers Garten war heute überdies ein großer Familienkaffee. Der Herr Onkel Bürgermeister und der Herr Vetter Kirchenpropst mit ihren Frauen waren da, und der alte Friedebohm und der alte Andreas waren da, jeder an dem Platze, der ihnen zukam, und der alte Papagei saß auf seiner hohen Stange vor dem Pavillon, und auch Musche Peters in seinem neuesten Anzug mit einer kleinen Zopfperücke fehlte nicht. Selbst den kleinen Erbprinzen hätte man in seinem Kinderwagen an einem stillen Schattenplätzchen finden können, freilich bis jetzt nur schlummernd unter der Hut der treuen Kindermagd. Im Innern des Pavillons aber, vor den weit geöffneten Flügeltüren, waltete Frau Christine des blinkenden Kaffeetisches, während drunten vor der Staketpforte sich zusammendrängte, was die kleine Gasse an neugierigen Weibern und lustiger Jugend aufzubieten hatte. Die Weiber erzählten sich von der guten seligen Frau Senatorn und nickten dabei nach der innern Wand des Pavillons hinüber, wo die unermüdliche Dame Flora nach wie vor mit ihrer Rosengirlande tanzte; die Buben dagegen, die sich allmählich den ersten Platz vor der Pforte erobert hatten, wiesen mit ausgestreckten Armen nach den großen roten Stachelbeeren, die auf den Rabatten in schwerer Fülle an den Büschen hingen. Mitunter hörte man sie den Namen des jungen Herrn Senators nennen; sie schienen auf ihn zu warten, dessen milde Hand ja auch nach dem Hintritt der guten alten Frau Senatorn noch vorhanden war. »Da kommt he! Kiek mal, da kommt he!« riefen ein paar von ihnen, deren gierige Augen eben einen Schimmer seines pfirsischfarbenen Rockes erspäht hatten; aber sie wurden plötzlich still, als sie ihn an der Seite des gefürchteten Herrn Friedrich Jovers aus einem belaubten Seitengange treten sahen.

Die beiden Brüder gingen schweigend nebeneinander; aber auf ihrem Antlitz lag noch der friedliche Ausdruck des traulichen Gespräches, welches sie vorhin die einsameren Seitengänge hatten aufsuchen lassen. Auch jetzt noch wandten sie sich nicht wieder zur Gesellschaft, sondern schritten in stummem Einverständnis den breiten Muschelsteig hinab.

Ihnen im Rücken hatte inzwischen Musche Peters sich der Papageienstange genähert und suchte in Ermangelung gleichberechtigter Unterhaltung mit dem gefiederten Gaste in bescheidenem Flüstertone anzuknüpfen; sogar ein Stückchen Zucker wagte er dem Papchen hinzuhalten. Aber der grüne Unhold schien für diese Aufmerksamkeit keinen Sinn zu haben; statt nach dem Zucker hackte er nach Musche Peters' Finger und schrie dann gellend, als wolle er's nun ein für allemal gesagt haben: »Komm röwer!«

Als der Schrei des Vogels das Ohr der beiden Brüder erreichte, flog Herrn Friedrichs Angesicht ein Schatten, wie aus jener Nacht, von der er seinem Bruder heut zum erstenmal gesprochen hatte. Der Senator aber faßte seine Hand und sagte leise: »Mein Friedrich, das hat jetzt keine Bedeutung mehr; du bist nun ein für allemal herüber.«

Als Herr Friedrich hierauf den Kopf erhob, um seinen Bruder anzublicken, blieben seine Augen auf dem Bubenhaufen vor der Pforte haften, und die finstere Miene wurde von einem fast schelmischen Lächeln fortgedrängt. »Keine Bedeutung mehr?« sagte er, die Worte des Bruders wiederholend. »Meinst du, ich verstünde ganz allein die Papageiensprache?« Und ohne eine Antwort abzuwarten, rief er mit lauter, kräftiger Stimme: »Holla, Jungens, wat seggt de Papagoy?«

Da kam zuerst eine noch etwas zaghafte Stimme, dann aber eine nach der andern, und immer lauter und lauter: »›Komm röwer! Komm röwer!‹ seggt de Papagoy.«

Und lustig winkend erhob Herr Friedrich den Arm. »Nun denn, alle Mann hoch: Komm röwer!« und ebenso lustig wies seine Hand nach den brechend vollbeladenen Stachelbeerbüschen.

Zuerst sahen die Jungen nur einander an und flüsterten angelegentlich zusammen; sie konnten sich's nicht denken, daß der böser

Herr Friedrich Jovers mit einem Male so erstaunlich gut geworden sei. Als aber jetzt die beiden Herren Jovers in ein unverkennbar herzliches Lachen ausbrachen, da war kein Halten mehr, einer wollte noch eher als der andre, und bald sprang und fiel und purzelte der ganze Schwarm über die Pforte in den Garten hinab, und unter jeder Stachelbeerstaude saß mit lachendem Angesicht ein unermüdlich schmausender Junge.

»Christian Albrecht«, sagte Herr Friedrich, den Arm um seines Bruders Schultern legend, »wenn erst deine Jungen hier so in den Büschen liegen!«

Da erscholl hinter ihnen vom oberen Teil des Gartensteiges ein helles fröhliches »Bravissimo!« Und als sie sich hierauf umwandten, da stand in der offenen Tür des Pavillons inmitten aller Gäste die junge anmutige Frau Senatorin, mit emporgehobenen Armen hielt sie den Brüdern ihr eben erwachtes Kind entgegen, das mit großen Augen in die bunte Welt hinaussah.

Eigene Buchreihe oder eigenen Verlag gründen

Seit 2009 bietet tredition sein Verlagskonzept auch als sogenanntes "White-Label" an. Das bedeutet, dass andere Unternehmen, Institutionen und Personen risikofrei und unkompliziert selbst zum Herausgeber von Büchern und Buchreihen unter eigener Marke werden können. tredition übernimmt dabei das komplette Herstellungs- und Distributionsrisiko.

Zahlreiche Zeitschriften-, Zeitungs- und Buchverlage, Universitäten, Forschungseinrichtungen u.v.m. nutzen diese Dienstleistung von tredition, um unter eigener Marke ohne Risiko Bücher zu verlegen.

Alle Informationen im Internet: **www.tredition.de/fuer-verlage**

tredition wurde mit mehreren Innovationspreisen ausgezeichnet, u. a. mit dem Webfuture Award und dem Innovationspreis der Buch Digitale.

tredition ist Mitglied im Börsenverein des Deutschen Buchhandels.

Dieses Werk elektronisch lesen

Dieses Werk ist Teil der Gutenberg-DE Edition DVD. Diese enthält das komplette Archiv des Projekt Gutenberg-DE. Die DVD ist im Internet erhältlich auf **http://gutenbergshop.abc.de**